Eloïse Moueza

Péripéties d'un dragon ordinaire

TOME 1

© 2015, Eloïse Moueza

Edition : BoD - Books on Demand

12/14 rond-point des Champs Elysées, 75008 Paris

Imprimé par Books on Demand GmbH, Norderstedt, Allemagne

ISBN : 9782322019397

Dépôt légal : Juillet 2015

Merci à Paul, Ludmila, Louis et tous ceux qui ont participé au concours de dessin.

Puissiez-vous garder votre ouverture d'esprit.
E.Moueza

© Image de couverture : Tous droits réservés, Florent Lidec

Noah, jeune garçon de quatorze ans, et ami d'Ewyn, un dragon argenté qui ne sait pas voler, vit paisiblement à Kyo, une petite commune située non loin d'une forêt de fromagers. *(Non, les fromages ne poussent pas dans les arbres… Le fromager est un arbre de la famille des Bombacaceae qui pousse aux Antilles. Les esprits malveillants et particulièrement les soukounyans adorent se poser sur ses branches…)*

Donc, il s'agit d'Ewyn et Noah qui vivent en parfaite harmonie dans leur petite commune. Un jour, la mère de Noah tombe gravement malade. Le guérisseur du village (*Un homme vêtu comme l'oncle de Pocahontas…*) explique au jeune garçon que seules les feuilles de l'arbre qui guérit pourraient la sauver. Or, cet arbuste ne pousse que sur la Montagne Bleue qui se situe au Pays de Korr. Le chemin pour s'y rendre est long et semé d'embûches.

(Soyons honnêtes. Si la route était droite et sans danger particulier, il n'y aurait pas d'histoire…)

Noah n'a pas le choix. Il doit aider sa mère. Alors, le jour suivant, accompagné d'Ewyn et de son seul courage, il se met en route en direction du Pays de Korr.

§§§§

Le soleil se lève quand les deux amis s'enfoncent dans la sombre et mystérieuse forêt de Kyo. Les fromagers se balancent au gré du vent tandis que leurs branches murmurent des sons plaintifs et lancinants. Chaque bruit, le moindre craquement ou vrombissement d'un quelconque insecte fait sursauter les deux amis. A peine entendent-ils au loin le chant des oiseaux assez téméraires pour s'aventurer en pareil lieu.

- Ahhh !!!! crie Ewyn.

- Quoi ? Qu'y a-t-il ? s'affole Noah.

- Les moustiques ! Ils n'arrêtent pas de me piquer !

- C'est impossible Ewyn ! Tu as des écailles !

- Ah oui? Tu as raison. Peut-être suis-je allergique aux fromagers ? Mon corps me picote !

Noah secoue la tête et fait virevolter ses dreadlocks blondies par le soleil.

- Arrête de te plaindre!

- Parle pour toi, humain ! grommelle le jeune dragon. Il n'y a pas même pas de réseau dans cette satanée forêt ! J'essaie depuis quelques minutes d'envoyer un message à ma Grand-tante de Korr mais rien n'y fait !

- Cesse tes jérémiades ! Tu enverras ce message une fois que nous atteindrons la rivière. Je m'inquiète plus de notre chemin… J'ai l'impression que nous sommes déjà passés devant cet arbre…

Ewyn pousse un gros soupir.

- Noah, nous sommes dans une forêt de fromagers! En plus d'avoir mauvaise réputation, ces satanés arbres se ressemblent tous…

- Non… celui-ci a le tronc tordu… Je suis sûr de l'avoir déjà vu…

Le dragon argenté fronce les sourcils.

- Eh bien s'il y avait du réseau, on aurait pu consulter *Google map* et on aurait…

- Tu as entendu ça ? le coupe Noah qui s'arrête de marcher.

Ewyn se tait et tend l'oreille.

- Non… Ah si !

Il penche la tête et clôt ses paupières, attentif aux bruits qui l'entourent…

- Des pleurs ! Oui ! Quelqu'un pleure ! Au son de la voix, je dirais qu'il s'agit d'un oiseau !

Le dragon ouvre les yeux et constate que Noah se dirige vers l'animal en détresse.

- Hé ! Attends-moi, pardi! Ne me dis pas que tu vas voler au secours de cet oiseau !

Il éclate de rire. « Voler au secours d'un oiseau… Ironique comme situation ! »

Mais son ami ne l'écoute pas, trop absorbé par ses recherches. Le jeune garçon avance prudemment, soulevant une branche par ci, déplaçant une pierre par là. Puis, il s'arrête brusquement et murmure :

- Regarde ! Le voilà ! Il est pris au piège, le pauvre !

En effet, un colibri, enfermé dans une cage suspendue à une branche, sanglote bruyamment. *(Et alors ? Ça te défrise que le colibri parle ? Tu ne te plaignais pas quand l'âne jacassait continuellement dans Shrek !)*

- Petit oiseau ! Un coup de main pour sortir de cette cage ? demande Ewyn.

L'oiseau sursaute et secoue énergiquement la tête.

- Non ! Ne restez pas ici ! Fuyez, malheureux ! Ils vont vous tuer !

Les deux amis prennent peur.

- Nous tuer ? Mais qui…

Subitement, des hurlements retentissent et, avant qu'ils ne puissent prendre leurs jambes à leur cou, ils sont encerclés par une bonne douzaine de brigands. Ewyn laisse échapper un soupir de soulagement. Des bandits ! Il s'attendait à pire, dans une forêt de fromagers… Un homme aux traits grossiers s'approche d'eux.

- Tiens, tiens ! Mais qu'avons-nous là ? Un dragon argenté et un petit d'homme !

Les autres voleurs ricanent bêtement. *(Comme des voleurs, quoi !)*

Ewyn lève les yeux au ciel, quelque peu irrité. Qu'ils sont stupides ces humains, par moment.

- Vous avez trop regardé Bruce Willis, Messieurs ! Je ne le dirais qu'une fois. Veuillez-vous mettre à l'écart de notre chemin. Nous ne vous voulons aucun mal et désirons seulement libérer le colibri ! déclare-t-il d'un ton ennuyé.

Le chef des voleurs éclate de rire.

- Sinon quoi, dragon ? Tu vas sortir tes griffes ?

Noah avance d'un pas, la main levée en signe d'apaisement.

- Vous ne devriez pas le menacer, Monseigneur. Mon dragon est susceptible et…

Ewyn se penche vers son ami.

- Laisse-moi m'en occuper, veux-tu ? Cet homme est impoli.

Puis il fait de nouveau face au chef des voleurs.

- Peut-être devrais-je employer une autre méthode ? demande-t-il en le fixant de ses yeux jaunes. Déguerpissez ! hurle-t-il, brutalement.

Quelque peu désarçonné par la réaction du dragon, le brigand pousse un cri et dégaine son sabre laser. Les autres voleurs imitent leur chef et bientôt Noah et Ewyn sont entourés par des hommes furieux et armés jusqu'aux dents.

- A genoux ! postillonne le malfrat.

- Vraiment ! Tu ne comprends toujours pas ? s'étonne Ewyn.

Pour prouver le sérieux de ces actes, cet idiot de malandrin s'approche de Noah, cherchant à l'intimider. Alors qu'Ewyn se demandait comment diable sortir de cette situation sans blesser quiconque, l'attitude de cette crapule de voleur coupe court à ses réticences. Il pousse un rugissement. Une flamme orangée jaillit du fond de sa gorge et atteint le malfrat qui hurle de douleur alors que de grosses cloques fleurissent sur son visage.

- Déjà qu'il était laid, murmure Noah en secouant la tête, l'air navré.

Ewyn lève les yeux au ciel.

- Sa laideur n'avait d'égale que sa bêtise !

Il laisse échapper un grognement d'agacement.

- Des amateurs ? continue-t-il en faisant face au reste du groupe.

Sans répondre mais avec une redoutable efficacité, les voleurs aident leur chef et se volatilisent dans la forêt.

Alors seulement, le dragon se calme et libère le colibri.

- Quoi ? s'exaspère-t-il devant la mine stupéfaite de l'oiseau. Je lui ai demandé gentiment de s'en aller. Il n'a pas voulu. Tant pis pour lui !

L'oiseau éclate de rire.

- Je ne me plains pas, dragon ! Merci de m'avoir sauvé !

Noah hoche la tête en souriant.

- Va, petit oiseau ! Et fais attention à toi !

Le colibri penche la tête.

- Où allez-vous ?

Noah explique alors à l'oiseau-mouche qu'ils se rendent au Pays de Korr dans l'espoir de trouver le remède à la maladie de sa mère.

- Vous comptez traverser la rivière ?

Ewyn hoche la tête en signe d'assentiment.

- Au fait, sais-tu où elle se trouve ? Nous sommes perdus et il n'y a pas de réseau…
- Droit devant vous. Puisque vous allez traverser la rivière je vous confie un secret : il vaut mieux au fond qu'en surface !

Et avant que les deux amis ne lui demandent de s'expliquer, il s'enfuit à tire d'ailes.

- Il est bizarre, cet oiseau ! s'exclame Noah.

Ewyn hausse les épaules en regardant autour de lui.

- Tout est bizarre ici. Reprenons notre route. Nous avons perdu assez de temps et je n'ai aucune envie de passer la nuit dans cette forêt!

Ils continuent donc leur chemin et arrivent bientôt au bord de la rivière.

- Enfin ! s'écrie Ewyn. Un peu de réseau !

Il tape frénétiquement sur les touches du téléphone avant de lâcher un cri de frustration.

- Ah ! Ça ne passe pas ! Mais quel est le problème de cette forêt ?

- En dehors du fait qu'il s'agisse d'une forêt de fromagers, tu veux dire ? répond Noah sans lever la tête, trop occupé à chercher un moyen de franchir le cours d'eau. Ewyn ! Il n'y a pas de pont !

Le Dragon prête attention. La rivière est agitée et profonde. S'ils la traversent à la nage, ils risquent de s'y noyer.

- Ne peux-tu pas essayer de voler? Lui demande Noah.

Ewyn pousse un gémissement étranglé.

- Non… non… tu sais bien que j'ai peur.

Le garçon lui lance un regard empli de sympathie.

- Je crains fort que tu n'aies pas le choix, cette fois, mon ami.

Ewyn est terrifié. Il a déjà essayé de voler. Il s'était placé en haut d'un arbre et avait battu rapidement ses ailes avant de s'élancer dans le ciel. Mais au lieu de planer majestueusement comme le faisaient les autres dragons, il était tombé comme une pierre, se cassant l'aile gauche. Depuis, il n'a jamais réitéré l'expérience.

Mais Noah insiste. « S'il te plaît, Ewyn… »

Le dragon accepte en silence et se baisse pour permettre à son ami de grimper sur son dos. Il escalade un énorme morne qui surplombe le cours d'eau et prend une profonde inspiration afin de se calmer. Il est terrorisé. Noah le caresse doucement.

- Vas-y ! Tu peux le faire !

Ewyn bat alors des ailes. Lentement tout d'abord puis de plus en plus rapidement, soulevant un nuage de terre et de poussière. Puis, il pousse un cri et saute dans le vide. Ensemble, ils s'élèvent dans le ciel. Le jeune dragon fait de son mieux pour agiter ses grandes ailes à un rythme soutenu. Soudain, un coup de vent le déséquilibre et au lieu de planer, il pique du nez.

- Ewyn ! hurle Noah, redresse-toi !

Rien n'y fait. Les deux amis tombent à une vitesse vertigineuse. Ewyn tente de reprendre le contrôle de la situation. En vain. Le sol se rapproche. Ils vont s'écraser. Noah ferme les yeux, terrifié. Avec un dernier cri, le dragon se cambre brutalement et plonge dans la rivière bouillonnante avec fracas.

La violence du choc a éjecté Noah du dos d'Ewyn. Il s'agite dans tous les sens et tente de remonter à la surface de l'eau. Mais le jeune garçon est entraîné par les flots. Il ne voit pas Ewyn. L'eau se faufile dans ses oreilles, entre dans sa bouche. Noah se débat mais les courants sont trop forts et il coule. Soudain, une patte écailleuse lui empoigne le bras et le ramène à la surface. Noah tousse, crache et enfin, respire.

- Ewyn !

Son ami tente de maintenir sa tête hors de l'eau. Mais une grosse vague le submerge et le dragon disparaît. Noah plonge. Il aperçoit Ewyn qui se débat et il nage de toutes ses forces pour le rejoindre.

Il s'agrippe à ses épines dorsales et se hisse sur son dos. Puis, il tire le cou du dragon vers le haut afin que celui-ci remonte pour respirer.

- Ewyn ! J'ai compris ! Le colibri a dit qu'il valait mieux au fond qu'en surface ! Il faut nager au fond de l'eau ! Près des galets ! Les courants sont moins forts ! explique Noah, une fois que leurs têtes percent la surface.

Ewyn acquiesce et les deux amis prennent leur souffle et s'enfoncent dans la rivière.

Quand ils atteignent enfin les galets, un ouassou nage au-devant d'eux. Il s'arrête et regarde Ewyn se débattre avec ses grandes ailes pour avancer.

- Un peu d'aide, dragon ? susurre l'écrevisse.

- Non ! Juste une petite promenade de santé ! Bien sûr que nous avons besoin d'aide, imbécile ! fulmine le dragon.

Comme ses pairs, Ewyn détient la faculté de parler sous l'eau. Seulement, si ce fichu ouassou ne se hâte pas, il va se noyer !

Le crustacé glousse joyeusement.

- Très bien ! Inutile de s'énerver ! Comprends-moi ! Ce n'est pas tous les jours que je croise un dragon argenté !

Ewyn le regarde, bouche bée. Le crustacé converse nonchalamment pendant que son ami et lui s'apprêtent à servir de repas aux poissons !

- Parle !

L'ouassou soupire dramatiquement mais consent finalement à distiller ses précieux conseils.

- Tu vois, lui explique-t-il, il faut t'appuyer sur l'eau de haut en bas. Ouvre largement tes ailes quand tu les lèves et place-les le long de ton corps quand tu les abaisses. Surtout, reste bien droit !

Malgré son épuisement, Ewyn obtempère. Le temps est compté. Déjà Noah s'agite dans tous les sens, signe que l'air commence à lui manquer. D'abord maladroitement puis de mieux en mieux, il coordonne ses mouvements et finit par traverser la rivière. Il s'agrippe au bord et, d'un coup d'épaule, dépose Noah sur la berge. Avec ses dernières forces, le dragon se hisse hors de l'eau et s'effondre sur l'herbe.

- Merci, ouassou. Sans ton aide, nous nous serions noyés.

Le crustacé fait un bond en guise de salut et disparaît dans la rivière

Je remercie ta mère de m'avoir forcé à acheter un portable *waterproof* ! » Maugrée le dragon en secouant l'appareil dans tous les sens.

Noah ne l'écoute pas. Il est trempé jusqu'aux os et ses dents claquent avec force.

- Ewwyyynnn !!! parvient-il à dire en frissonnant violemment.

- Par ma barbe, Noah ! Tu es bleu ! Attends, je vais faire du feu…

Ils se redressent et restent cois devant le spectacle qui s'offre à leurs yeux. Le soleil se couche à l'horizon et la forêt dégage une impression de danger pénétrant et angoissant.

- Les arbres, murmure Noah en frissonnant, mais pas de froid, cette fois-ci. Regarde, Ewyn, on dirait qu'ils sont vivants…

Ewyn ne pipe mot. Les mains tremblantes, il fait passer le tricot de son ami par-dessus sa tête et le met à l'envers avant de remettre le linge mouillé. Noah lève les yeux vers le dragon.

- Ewyn… chuchote-t-il, manifestement terrifié.

- Chut, mon ami. Calme-toi. As-tu apporté le petit flacon d'eau bénite ?

Noah hoche la tête et fouille fébrilement sa sacoche avant d'en ressortir la petite bouteille en plastique.

- Bien, rétorque le dragon en versant quelques gouttes sur les tempes de Noah.

- Faisons le feu ! s'écrie l'adolescent.

Le jeune garçon ramasse des branches d'arbre, quelques feuilles sèches et en fait un petit tas. Le dragon souffle doucement sur l'amas de bois et fait jaillir le feu. Une belle flamme orangée s'élève dans l'obscurité grandissante alors que des cris aigus et perçants se font entendre tout autour d'eux.

- Les soukounyans, constate Ewyn d'un ton tranquille comme s'il s'agissait là de quelque créature inoffensive, ils n'aiment pas le feu.

Noah acquiesce, la gorge trop nouée par la terreur pour oser parler. Heureusement qu'Ewyn est là ! pense-t-il en frictionnant ses bras envahis par la chair de poule.

Les vêtements de Noah sèchent en un temps record mais le jeune garçon ne s'en aperçoit pas, trop occupé à épier les ombres de la forêt et les étranges formes qui pendent à leurs branches.

- Qu'est-ce? chuchote-t-il en les montrant du doigt.

Ewyn jette un coup d'œil rapide et lève les épaules, tentant de dissimuler le tremblement de ses mains pour ne pas effrayer plus avant son ami.

- Les peaux des hommes et femmes qui les ont retirées avant de se métamorphoser en soukounyans. A l'aube, ils les remettront…

- Les les p-peaux ! balbutie Noah. Tu n'as pas peur ?

Ewyn lui lance un regard ironique.

- En vrai ? Je suis mort de trouille, Noah ! J'ai été confronté une fois à ces bêbêtes et crois-moi, paniquer est la dernière chose à faire. Et ce maudit portable qui ne capte toujours pas…

Le garçon soupire, se contentant de cette réponse et de la relative sécurité que leur offre le feu. De temps à autre, Ewyn le ravive en soufflant dessus, déclenchant à chaque fois, les cris inhumains des créatures qui évoluent autour d'eux.

- Mais ne se transforment-ils pas en boules de feu ? Marmotte l'adolescent.

- Ils craignent surtout la lumière. Mais le fait qu'ils se transforment en boules de feu ne veut pas dire qu'ils sont immunisés contre quelques petites brûlures, répond le dragon en levant ses sourcils d'un air entendu.

Noah sourit, accueillant avec joie la tentative d'Ewyn pour détendre l'atmosphère.

- Mais que peut-on faire d'autre? s'exclame-t-il, quand pour la énième fois les rugissements se font entendre.

- Nous avons trop peu d'eau bénite. La seule chose qui nous maintient en vie, c'est ce feu. Tant qu'il brûlera, les soukounyans ne nous approcheront pas.

- La nuit va être longue, marmonne le garçon.

- Tu n'as pas idée ! s'agace Ewyn, son naturel ombrageux se faisant brusquement sentir. Prions pour que l'aube apparaisse rapidement !

Par mesure de précaution et parce qu'ils savent qu'il serait présomptueux de penser qu'ils ne s'assoupiront pas, les deux amis décident d'allumer un second feu. Puis Ewyn trace de grandes croix dans la terre autour de leur camp de fortune, créant ainsi un bouclier invisible contre les créatures. Les bêtes de l'ombre ne peuvent pas franchir les signes bénis.

Les heures défilent, leurs paupières deviennent lourdes tandis que l'obligation de rester quasi-immobiles les précipite malgré eux dans un sommeil de plomb.

Soudain, le dragon sursaute. Quelque chose l'a réveillé. Une odeur fétide de putréfaction a brusquement envahi ses narines, provoquant un haut le cœur. Il se rend compte immédiatement que l'un des feux est mort quand l'autre survit avec difficulté. Dans leur torpeur, les deux amis ont bougé et par conséquent, effacé de nombreuses croix, permettant aux soukounyans de…

Ewyn fait volte-face et se retrouve nez à nez avec son pire cauchemar.

Le dragon argenté ne l'a jamais mentionné à quiconque mais la raison pour laquelle, il s'est retrouvé privé des membres de sa famille résulte d'une confrontation mortelle avec plusieurs soukounyans. Le sang des dragons, très apprécié, confère à ces créatures une force quasi-invincible.

Alors qu'il était sorti de son œuf quelques mois auparavant, sa famille fut attaquée au cœur de la nuit. Tous dormaient profondément Les soukounyans les drainèrent sauvagement de leur sang, leur donnant à peine le temps d'ouvrir les yeux. Ewyn ne dut sa survie qu'à sa taille. A l'insu des bêtes sataniques, il avait glissé sous le lit de la petite chambre qu'il partageait avec son frère et assisté impuissant, à la mort des êtres qu'il aimait. Au petit matin, il était sorti de chez lui, le regard hagard, anéanti de chagrin et s'était évanoui au pied d'un morne, à l'ombre d'un cocotier. Il avait vaguement espéré qu'un fruit tombe lourdement et lui fende le crâne, achevant ainsi le massacre de sa famille. Au lieu de ça, un petit garçon au sourire communicatif l'avait trouvé et ramené chez lui.

Bien que modestes, Noah et sa mère s'étaient occupés de lui jusqu'à ce qu'il recouvrât ses forces. Ewyn ne les a jamais quittés depuis ce jour.

(Revenons au présent…)

Dans la forêt de fromagers, alors que ciel revêt toujours cette teinte sombre et mystérieuse, le dragon dévisage avec un calme qu'il est loin de ressentir le visage boursouflé de la créature en face de lui ; les lèvres violettes, les canines proéminentes, la peau à vif et sanguinolente.

Le soukounyan s'approche de Noah, encore endormi et caresse sa joue. Ewyn bloque son souffle. S'il crache du feu maintenant, il risque de brûler le garçon. Doucement, il tâte, sa poche cherchant le flacon d'eau bénite.

- Je n'y penserais pas si j'étais toi, dragon ! s'exclame le soukounyan d'un souffle méphitique.

(La signification est dans Le Larousse. T'inquiètes, je ne connaissais pas non plus ! Pas de honte entre nous !)

Le bruit réveille Noah qui hurle de terreur en découvrant la bête penchée sur lui. Le soukounyan, referme sa grosse main coiffée de griffes noires autour du cou du jeune garçon, étranglant le cri dans sa gorge. L'immonde créature éclate d'un rire méphistophélique.

- Je me souviens très bien de ta famille, dragon ! ricane-t-il en passant sa grosse langue noire sur ces lèvres.

L'espace d'un instant, Ewyn revit la frayeur qui l'avait jadis paralysé. Mais très vite, il reprend ses esprits et, au lieu de rugir sa rage comme s'y était attendu Noah, son visage s'illumine d'un large sourire si démoniaque, si parfaitement haineux que toute son énorme tête s'en trouve métamorphosée. Le soukounyan tressaille légèrement, surpris semble-t-il de provoquer une telle réaction en lieu et place du sentiment de terreur auquel il s'attendait.

- Tu ne peux imaginer ma joie de te voir à nouveau, soukounyan ! chuchote Ewyn d'une voix calme dont les tonalités rugueuses exhalent une brutalité telle que même Noah en frissonne.

Le dragon ne quitte pas la bête des yeux. Profitant que toute l'attention du démon se porte sur Ewyn, Noah glisse lentement sa main dans sa poche droite pour en sortir le petit flacon d'eau bénite. Face à lui, son ami sourit, donnant assez de bravoure au jeune garçon pour vider le contenu de la bouteille sur son agresseur qui ne voit qu'au dernier instant le liquide gicler sur sa face ensanglantée. Une écœurante odeur de chair brûlée envahit les narines des deux amis. De douleur, la bête libère Noah de son emprise mortelle et pousse un cri assourdissant, ses mains palpant frénétiquement les lambeaux de peau qui se détachent de son visage. Ewyn profite de cet instant pour rugir toute la douleur de son histoire et lance une flamme longue et puissante sur le soukounyan dont les vociférations bestiales se transforment en longs sons plaintifs avant de s'éteindre. A la place de la créature, un tas de cendre fumante gît à leurs pieds. (*Il faut imaginer une odeur de rat crevé, de poubelle oubliée au soleil depuis quatre jours tandis que les vers à mouche se tortillent sur les immondices, le tout mêlé à la fragrance inimitable de cheveux qui brûent ! Quoi beurk ? Tchip !*)

- Ewyn ! Il y en a d'autres !

Immédiatement, le dragon ravive les deux feux, faisant reculer les soukounyans qui, imbécilement, tentaient de saisir leur chance en s'approchant d'eux.

- Diantre ! s'écrie le dragon, une fois que les monstres aient jugé plus avisé de disparaître, ça m'apprendra à m'endormir !

Noah sourit avec tristesse.

- Nous sommes deux à blâmer. Mais maintenant que nous voilà reposés, nous pourrons rester alertes jusqu'au lever du soleil.

Le dragon consulte son téléphone.

- Encore deux heures ! grommelle-t-il. Et bien sûr, toujours pas de réseau !

Noah se contente de soupirer. L'histoire d'amour entre Ewyn et son téléphone portable dépasse son entendement.

Pendant de longues minutes, les deux amis contemplent le feu, simplement heureux d'être là, vivants, ensemble. De temps à autre, le dragon lève la tête et scrute les créatures qui les encerclent.

- Robert Pattinson était tellement plus abordable en suceur de sang ! fulmine-t-il soudainement.

(Accrocher un sourire à sa face n'aurait pas été de trop, cependant !)

Noah ne peut s'en empêcher. Il éclate de rire, oubliant par la même occasion le danger mortel qui continue de rôder à quelques mètres d'eux.

Ewyn lève un sourcil.

- Quoi ? s'indigne le dragon, c'est vrai !

- Ah ! Ewyn ! Tu es trop !

Les premiers rayons du soleil à peine visibles, les deux amis se lèvent et reprennent leur route, peu désireux de s'attarder plus longtemps en ces lieux maudits. Quelques minutes auparavant, alors que le ciel était encore constellé d'étoiles, ils ont assisté avec une répulsion mêlée d'étonnement à l'étrange spectacle des soukounyans revêtant leurs peaux humaines. En silence, les créatures s'étaient enfoncées dans la forêt avant de rejoindre leur foyer et de se glisser dans leur vie d'hommes ordinaires, sans qu'aucun signe distinctif ne permît à leurs concitoyens de découvrir leur véritable nature.

« Je suis désolé de t'avoir demandé de voler, Ewyn » avoue Noah à son ami.

Le dragon le dévisage, surpris. Il s'était préparé à un discours sur le déroulement effrayant des évènements de la nuit. Au contraire, Noah semble décidé à oublier leur terrifiante mésaventure, visiblement plus préoccupé par le fait de lui avoir forcé la main.

Ewyn soupire.

- Je m'excuse de nous avoir précipités dans la rivière.

- Jamais je n'aurai dû insister.

- Tôt ou tard, je devrai surmonter cette angoisse de voler, Noah...

Le jeune garçon hoche la tête en silence. Ewyn dit vrai.

- Alors, ta famille…

Le dragon laisse échapper un sanglot et secoue la tête.

- Pas maintenant, Noah, murmure-t-il.

Ils cheminent donc en silence, chacun plongé dans ses pensées et souvenirs. Bientôt, ils sortent de la forêt et se retrouvent devant un immense labyrinthe de montagnes rocheuses.

- Nous ne trouverons jamais notre chemin ! proteste Ewyn.

Le dragon argenté se saisit prestement sur son téléphone. Peut-être maintenant qu'ils sont à la lisière de cette fichue forêt… Un cri de frustration lui échappe en contemplant l'écran de l'appareil.

- Mais que se passe-t-il ici pour qu'il n'y ait pas de réseau, à la fin ? bougonne-t-il, en levant plus haut son téléphone à la recherche des précieuses barres.

Noah, lui, essaie de réfléchir à un moyen de traverser ces montagnes sans se perdre.

- Et si on laissait des traces derrière nous ? De cette façon, on saura si on a déjà emprunté ce chemin.

- Tu veux dire comme le Petit Poucet ?

- Exactement. Nous déposerons des pierres noires le long du chemin. Ainsi, non seulement, nous saurons si nous avons déjà emprunté ce passage mais en cas de danger, nous pourrons revenir sur nos pas en suivant les pierres noires.

Le dragon sourit, révélant ses crocs acérés.

- Excellente idée ! En route !

Les deux amis s'apprêtent à continuer leur voyage quand, soudain, un rire les arrête net dans leur élan. Ils se retournent et découvrent une mangouste qui rigole si fort qu'elle en a les larmes aux yeux.

- Tu vas arrêter de te gausser de nous et nous dire ce qu'il y a d'hilarant, mangouste ? s'énerve Ewyn, qui n'apprécie guère que l'on rit à ses dépens.

La mangouste sèche ses larmes et se redresse sur ses pattes arrière.

- On ne sort pas si facilement de ces Montagnes, dragon. S'il suffisait de semer des cailloux pour les traverser, cela fait longtemps que je serais de l'autre côté. On ne les appelle pas les Dernières Montagnes pour rien.

A ces mots, Ewyn pâlit.

- Les… les Der… dernières Mon…montagnes?

- Oui. Parce que ce sont les dernières montagnes que tu vois une fois que tu y es entré. Personne n'est jamais arrivé de l'autre côté.

- Ok. Maintenant, j'ai peur, murmure Noah. Comment va-t-on s'y prendre ? Je dois trouver ce remède pour ma mère, Ewyn. Je ne peux pas abandonner.

En signe de réconfort, Ewyn prend la main de Noah.

- On trouvera une solution. Ne t'inquiète pas.

Il se rapproche de la mangouste qui suit leur échange avec un vif intérêt, l'amusement luisant dans ses petits yeux noirs.

- Au lieu de glousser, dis-nous plutôt comment traverser ces fichues montagnes !

L'animal hausse les épaules, nullement affecté par la brusquerie d'Ewyn.

- Tu es un dragon. Vole !

Ewyn rugit.

- Non, je ne peux pas ! Autre chose ?

La mangouste penche la tête sur le côté, très surprise.

- Un dragon qui ne sait pas voler ? Jamais vu ça de ma vie !

Ewyn commence à s'impatienter.

- Tu vas nous aider, oui ou non ?! hurle-t-il, ce qui déclenche une giclée flamboyante.

L'herpestidé lève les yeux au ciel et pousse un soupir dramatique.

- Oh, ça va ! Inutile de t'énerver!

Ewyn ferme les yeux et prend une profonde inspiration.

- Je peux le faire, murmure-t-il, je peux me retenir d'écourter la vie de ce rat!

- Rat ! s'offusque la mangouste. Surveille ton langage, dragon, sinon toi et ton ami devrez trouver une autre solution pour franchir ces montagnes !

- Assez ! s'interpose Noah en toisant le dragon de toute sa hauteur. Tiens-toi correctement, Ewyn !

Il se tourne vers la mangouste, ignorant la figure congestionnée de son ami.

- Peux-tu nous prêter main forte ?

L'animal se gratte le haut de sa tête et réfléchit.

- J'ai bien une petite idée mais elle est un peu risquée.

Noah fronce les sourcils.

- Risquée à quel point ?
- Voyez-vous, il me reste un peu de poussière de fée. Pas assez pour voler mais suffisamment pour faire de très grands bonds. Si je ne me trompe pas, vous pourrez sauter de sommet en sommet.

Ewyn sort immédiatement de sa bouderie imbécile. Ah ! Non ! C'est fini le vol !

- Je n'aime pas cette idée, elle est bien trop dangereuse. Et si jamais, il n'y a pas assez de poussière de fée ? Nous resterons coincés au sommet d'une de ces immenses montagnes. Tut tut tut… Idée suivante.

Noah s'avance vers l'animal et s'accroupit devant lui.

- Comment as-tu obtenu cette poussière de fée, mangouste ?
- La Reine des fées des Lucioles m'en a donnée pour que je puisse traverser les montagnes. Je suis venu pour prendre un peu de sève de fromager. Elle entre dans la fabrication de la poussière de fée. Or les fées n'en ont presque plus.

La mangouste montre une petite gourde remplie de sève de fromager.

- Quand je volais au-dessus des montagnes, un nuage m'a déséquilibré et la poussière de fée s'est renversée. Maintenant, je ne peux plus rentrer chez moi. Sans parler du fait que je risque de passer la nuit dans cette forêt… ajoute-t-il tout bas.

A l'idée de vivre une soirée de plus dans ce bois, Ewyn et Noah frissonnent de terreur.

- Oh ! Sèche tes larmes ! Tu vas retourner chez toi ! Ewyn et moi allons t'aider ! déclare le garçon d'une voix encore tremblante.

Les yeux d'Ewyn s'agrandissent de surprise.

- Pardon ? J'ai bien entendu? Tu as bien dit que nous aiderions cette mangouste?

- Ewyn ! Nous ne pouvons pas la laisser dans cette situation ! Sans parler du fait que nous non plus ne désirons guère rester ici plus longtemps ! Et puis, sans sève de fromager, les fées seront incapables de fabriquer la poussière magique dont elles ont besoin !

Ewyn secoue la tête.

- Mais nous ne savons même pas comment nous allons traverser, Noah !

Noah sourit en caressant doucement la tête de la mangouste.

- Il a dit qu'il lui restait suffisamment de poussière de fée pour sauter de sommet en sommet. Nous monterons sur ton dos et tu bondiras !

Cette fois, Ewyn est muet de stupeur.

- Je vais… quoi ? Tu es devenu fou !

Noah se lève et fait face à Ewyn.

- Tu peux le faire Ewyn. J'ai confiance en toi.

Une larme glisse sur la joue du dragon. C'est vraiment gentil de la part de Noah de lui faire un tel aveu mais il n'y croit pas une seconde.

- Un bain dans la rivière ne t'a pas suffi ?

La mangouste pousse un soupir exaspéré.

- Oh ! Pour l'amour du ciel ! Fais taire ta couardise, dragon ! A moins que tu n'aies de meilleure idée ?

Ewyn se retourne lentement, les traits déformés par la rage.

- Wow ! commente la mangouste, t'es doué, l'ami ! Le demi-tour au ralenti et le regard assassin ! Wow ! C'était parfait ! N'as-tu jamais pensé à faire du cinéma ?

Noah se tient les côtes tant son hilarité est puissante. Ewyn soupire et… commence à danser.

Son derrière remue et sa queue fouette l'air en cadence. Il lève la tête et ferme les yeux tandis qu'il entame les paroles de sa chanson.

- Tu fais trop pitié, tu m'soûle, vas-y parle à ma main, si t'as pas compris, ça veut dire oublie-moi, hum, hum….
J't'écoute pas, t'existes pas donc vas-y parle à ma main. Si t'as pas compris, ça veut dire non merci, hum, hum…

Le dragon bouge les épaules, sautille, dodeline sa grosse tête argentée et finit magistralement par un *moonwalk*…

La mangouste est tellement surprise qu'elle en oublie de fermer la bouche.

Ewyn fait face à Noah, étendu de tout son long sur l'herbe grasse, tentant de reprendre son souffle, les larmes coulant le long de ses joues dorées. Un seul regard vers le dragon suffit à déclencher une nouvelle salve de fou-rire. Bientôt, la mangouste se joint à lui et Ewyn sent son ire se dissiper alors que les premiers gloussements résonnent au fond de sa gorge. Très vite, ils se retrouvent côte à côte, se tortillant comme des vers sous les assauts de cette joie impromptue et pourtant bienvenue.

Puis, leurs rires s'éteignent et les soupirs de contentement se font entendre.

Paul, Ewyn

Louis, <u>Dans la forêt de fromagers</u>

Ludmila, <u>Vole Ewyn !</u>

« Très bien, décide Ewyn, je vais essayer… Je volerai de pic en pic… »

La mangouste le regarde d'un air dubitatif.

- Puis-je préciser à ta main qu'*essayer* risque de nous faire tuer ?

Le dragon grogne lourdement.

- Non ! Ma main est indisponible! Rappelle ultérieurement.

Noah saute de joie, indifférent aux propos antagonistes échangés par les deux autres.

- Merci du fond du cœur, mon ami !

Ewyn ne répond pas. Il souffre de vertige. Et ces montagnes sont si hautes… Il déglutit et se force à sourire.

- Ne t'inquiète pas, dragon, lui dit la mangouste d'un air entendu, moi aussi, je suis morte de trouille !

Ewyn lève les yeux au ciel. Cette mangouste l'agace prodigieusement.

- Ça ne me rassure pas du tout! Maintenant grimpez, avant que je ne change d'avis!

Noah et l'herpestidé s'installent sur le dos du dragon et s'accrochent à ses écailles. Puis, l'animal saupoudre le reste de poussière magique sur Ewyn et dit : « Par la magie des Lucioles, faites que ce dragon saute ! »

Ewyn regarde la poudre scintillante se poser sur ses ailes puis il les ouvre, prend son élan et bondit avec force.

(Au cas où tu serais à côté de la plaque, il ne s'agit pas d'une série de mornes ou même de montagnes hautes comme la Soufrière. Non ! Là, il s'agit d'artillerie lourde, mon ami ! C'est carrément l'Himalaya du pays de Korr !)

L'ascension est si rapide qu'Ewyn entend le vent siffler dans ses oreilles ! Les passagers s'agrippent vigoureusement pour ne pas tomber ! En moins d'une seconde, le dragon se retrouve en haut de la première montagne. Pris de vertige, il ferme les yeux. Noah et la mangouste, déséquilibrés, glissent le long de sa queue. Ils vont tomber !

- Ewyn ! Redresse-toi ! Vite !

Reprenant ses esprits à la dernière minute, le dragon ouvre les ailes pour rester stable. Il les agite doucement de haut en bas, comme lui a appris l'ouassou de la rivière. Ça fonctionne ! Il a réussi ! Il s'est posé au sommet de la montagne !

Noah et la mangouste remontent lentement et s'assoient à nouveau sur son dos.

- Vite ! Dépêchons-nous avant que la poussière de fée ne perde de son efficacité ! Ewyn, vois-tu la montagne sur ta gauche ? C'est le chemin le plus court ! Au prochain saut, il faut que tu te poses sur son pic ! presse la mangouste.

Le dragon tourne la tête. Il a tellement peur qu'il en a mal au ventre. La seconde montagne est si loin !

- Ça va aller, Ewyn ! Tu peux y arriver ! le rassure gentiment Noah.

Il caresse doucement le cou de son ami.

- Je vais compter. A trois, tu sautes ! Un, deux, trois ! Saute Ewyn !

Le dragon pousse un rugissement et franchit le vide entre les deux massifs. Il maintient ses ailes ouvertes et reste bien droit alors qu'il plane dans le ciel. Son cœur bat la chamade et, malgré la fraîcheur de l'air due à l'altitude, il sent de longues gouttes de sueur glisser le long de ses tempes. Pourtant, il reste concentré. Il peut y arriver ! Il doit y arriver ! Ca y est ! Voici le sommet ! Il plie ses pattes arrière, bat des ailes pour garder son équilibre et se pose sur la crête avec grâce.

Ouf ! Et de deux !

- Courage, dragon ! Tu vas maintenant sauter sur la pointe de la montagne à ta droite. Après, nous serons arrivés !

Ewyn ouvre à nouveau les ailes et s'élance d'un bond vers le massif suivant. Il plane quelques instants puis se pose en douceur sur la cime de la montagne.

- Bravo Ewyn ! Allez ! On y est presque ! exulte Noah.

- C'était la dernière montagne! Grâce à toi, nous y sommes parvenus ! Il ne reste plus qu'à atterrir dans la petite clairière là-bas ! lui dit joyeusement la mangouste.

Ewyn saute dans le vide, une dernière fois. Il plane pendant quelques instants et savoure la caresse du vent sur ses écailles. Quelle sensation délicieuse ! Voilà qu'il découvre enfin la joie de ses congénères quand ils prennent leur envol. Il se le promet à cet instant : il vaincra sa peur du vide. Il est si heureux de cette décision qu'il hoquette de surprise au moment où il se sent tombé ! La magie n'opère plus ! Il panique et commence à agiter ses ailes de façon désordonnée. Ses amis s'accrochent de toutes leurs forces en hurlant. Ils tombent à pic ! Ils vont s'écraser ! Cette fois, il n'y a pas de rivière pour les sauver. Vite ! Il faut agir vite !

Noah se penche près de l'oreille du dragon argenté et chuchote : « Tu peux y arriver, Ewyn ! Aie confiance en toi !»

La confiance ! C'est la clé, comprend brusquement Ewyn. Il doit se calmer. Avec effort, il cesse de gigoter dans tous les sens. Il se remet droit et bat des ailes de haut en bas, de moins en moins vite pour amorcer sa descente. Il tend ses pattes et lentement, atterrit dans la petite clairière.

- Tu nous as sauvés! Merci ! Merci !

Le dragon secoue la tête en signe de dénégation.

- Merci à vous ! Sans votre soutien, je n'y serais pas parvenu !

La mangouste et Noah descendent du dos d'Ewyn.

- Je vous remercie de m'avoir ramené chez moi, dit le petit animal. Venez ! Je parie que vous mourez de faim ! Laissez-moi vous offrir le déjeuner. Vous repartirez le ventre plein ! Quant à moi, une petite poule bien grasse m'attend !

Ewyn sourit distraitement, vérifiant la barre de réseau de son portable. Toujours rien.

- Bon sang ! Mais ce n'est possible ! s'énerve-t-il.

- Il est toujours comme ça ? demande la mangouste à Noah.

- Yep ! Un vrai caractère de dragon !

Ewyn fronce les sourcils.

- Oh toi, la mangouste, ça va !

Le garçon et l'animal éclatent de rire.

- Allez, viens Ewyn ! Cesse de te plaindre deux minutes !

Les trois amis arrivent dans la commune de la mangouste. L'enfant et le dragon dansent, chantent et rigolent. Les habitants sont si accueillants et joyeux que Noah et Ewyn ont les larmes aux yeux à l'heure du départ. Alors qu'ils les embrassent une dernière fois, la mangouste leur présente Ayshala, la Reine des Fées des Lucioles.

Noah reste bouche bée d'admiration.

- Comme elle est belle ! s'extasie-t-il tout bas.

Ewyn secoue la tête en signe d'assentiment.

- Waouh ! Vous êtes canon, Majesté ! s'exclame le dragon argenté qui est loin de posséder le tact de Noah.

(Elle a en a vu d'autres, Ayshala, canon scié comme elle est ! Et puis quoi ? ce n'est pas parce que tu es une fée que les plaisirs te sont interdits, hein !)

La reine Ayshala éclate d'un rire aérien, pur et magnifique dont les échos se transforment en poussière de lumière qui donne un air précieux et merveilleux à ce moment partagé.

- Je vous remercie !

Elle esquisse un geste ample de la main droite et apparaît au creux de sa paume, une petite fiole contenant un liquide phosphorescent qu'elle place délicatement entre les mains de Noah.

- Qu'est-ce que c'est ? murmure le garçon en levant la bouteille pour mieux l'admirer.

La Reine sourit.

- Une lampe torche ! Elle s'allume quand les ténèbres règnent.

- Oh ! Au moins, nous n'aurons pas à craindre que les piles ne fonctionnent plus ! murmure Noah en se retenant de rire.

La Fée sourit avec grasse *(Oups ! Pardon ! Il faut dire qu'Ayshala est toute en rondeur! Quoi ? Cela n'entrave en rien la beauté !)* et esquisse un formidable pas de bourrée *(Danse classique, l'ami!)* avant de leur envoyer un baiser aérien. *(De façon fort théâtrale, j'en ai peur !)*

Noah et Ewyn la remercient avec chaleur puis, après un dernier signe de la main, continuent leur quête vers le Pays de Korr. Dès qu'ils sont hors de portée de la petite commune, ils éclatent de rire.

- Mon Dieu ! C'était quoi ce petit pas ? s'esclaffe le jeune garçon en essuyant ses larmes.

- M'est avis qu'Ayshala prend son rôle très à cœur ! renchérit Ewyn.

§§§§

La cité de Korr n'est plus très loin. Ils marchent quelques heures, Ewyn maugréant toujours contre le manque de réseau. Puis, après un rapide en-cas constitué de mangues, de pain et de fromage, ils aperçoivent enfin les remparts de Korr.

- Dieu soit loué ! Allons trouver refuge chez ma grand-tante. Mmmh !!! Un bon lit douillet ! se réjouit le dragon en se frottant les mains.

Noah hoche la tête en souriant. Il ne l'avouera jamais mais il est content à l'idée de dormir ce soir sur autre chose qu'un sol détrempé.

Dès qu'ils atteignent les portes, deux sentinelles bloquent leur passage.

- Qui êtes-vous et que voulez-vous, étrangers ?
- Je suis Ewyn et voici mon ami, Noah. Nous sommes venus rendre visite à ma grand-tante, Yamida. Noah désire également demander la permission de cueillir des feuilles de l'arbre qui guérit pour sa mère malade.

Un des gardes s'approche en secouant la tête avec tristesse.

- Je suis désolé que vous ayez fait tout ce chemin mais il est actuellement impossible de cueillir les feuilles de l'arbre qui guérit ! La diablesse nous empêche d'accéder à l'endroit où il pousse.

Noah sursaute.

- Euh, c'est une blague ?

Ewyn fronce les sourcils.

- La diablesse ! Bien sûr! Pourquoi n'y ai-je pas pensé plus tôt ! Et pourquoi pas un mofwazé pendant que vous y êtes !

(Dans la mythologie antillaise, il s'agit d'un être humain qui a l'absurde idée de se transformer en chien/loup la nuit pour connaître ses méfaits. Bien entendu, il a fait un pacte avec le diable…)

Le second soldat ouvre les yeux de surprise.

- Comment savez-vous qu'un mofwazé rôde dans ces collines?

Noah et Ewyn se regardent, consternés. Le dragon passe la main sur son visage, un geste évident de fatigue.

- C'était ironique, gronde-t-il. Un monstre ne suffisait pas ! Il en fallait deux !

Noah secoue la tête de désespoir.

- Je comprends votre réticence à nous laisser passer, messieurs, mais ma mère est très malade. Si je ne trouve pas le remède, elle risque de mourir. Je n'ai pas d'autre choix que celui d'affronter ces créatures !

Ewyn dévisage Noah comme si une seconde tête avait poussé à côté de la première.

- Tu es devenu fou ? Tu as bien entendu ce qu'ils ont dit ? Deux créatures maléfiques et sanguinaires nous attendent dans ces montagnes ! Leur unique but dans la vie est de nous gober tout cru et toi, tu… tu es là à dire qu'on va s'y rendre ?!

De longues larmes glissent sur les joues du jeune garçon.

- Je dois essayer, Ewyn. Bien sûr, je ne te demande pas de m'accompagner. C'est bien trop risqué ! C'est déjà gentil à toi d'être venu jusqu'ici ! murmure-t-il entre deux sanglots.

- Ah non ! Pas de ça entre nous ! Je t'arrête immédiatement ! Si tu continues avec ce ton « c'est-sympa-de-t'avoir-connu-mais-maintenant-je-dois-combattre-deux-démons-tout-seul», je ne te laisserai plus *jamais* mais comme *jamais plus de la vie,* la dernière part de sucre à coco! Et les doucelettes ? Tu les oublies, pigé ?

(Ewyn est perclus de courbatures, ses yeux le piquent de fatigue. Sois indulgent, bon sang ! Respecte son chantage !)

Noah ne peut pas se retenir. Il éclate de rire. Qu'il est drôle par moment, ce dragon ! Enfin quand il ne lui casse pas les pieds avec ses incessantes jérémiades !

- T'es un ami génial, Ewyn !

Le dragon lève haut le menton, très fier.

- Je sais ! Je suis un chic type !

Cette fois-ci, ce sont les sentinelles qui sourient.

- Allez ! Rentrez ! Nous allons vous mener à sa Majesté le Roi de Korr ! Il pourra sûrement vous venir en aide !

Ewyn et Noah pénètrent enfin dans la cité de Korr. Bien entendu, ils savent qu'ils sont loin d'avoir fini leur périple mais ils s'autorisent, l'espace de quelques heures, à se détendre.

Yamida, la grand-tante d'Ewyn les attend au seuil de sa porte, les mains sur les hanches, le regard sévère, deux plis sur son front et la bouche pincée. *(Tout ça en mode dragonne.)* Pas super amical, comme accueil. Ewyn déglutit avec force. Satané portable. Même pas foutu d'envoyer un simple texto.

(Pourquoi il n'a pas été vivre avec sa tante après le meurtre de ses parents ? Sérieux, t'as vu tatie Yamida ?! Tu l'aurais fait, toi ?)

- Et quand avais-tu l'intention de me prévenir, Ewyn Sharitonys de Kyo? lance-t-elle en guise de bienvenue.

(Ok. Petit point. Elle n'a pas bien pris le fait que son neveu préfère vivre avec une étrangère.)

- Bonjour, ma tante ! Je suis désolé, mon téléphone…

Yamida lève une main pour réclamer le silence. Noah se raidit au côté du dragon. Il jette un coup d'œil aux alentours. Brusquement, le sol détrempé lui semble plus accueillant que le foyer de cette mégère.

- C'est fait. Inutile d'en débattre. Présente-moi ton ami, enfant mal éduqué !

Noah est un adolescent plutôt placide, d'un tempérament jovial. Mais à cet instant, Grand-tante Yamida pousse tous ses boutons. Il perd son sang-froid.

- Pas étonnant qu'il n'ait pas voulu vivre avec vous ! s'écrie-t-il, le visage gonflé de rage, jamais vu quelqu'un d'aussi égocentrique ! Il vient de traverser des épreuves terrifiantes mais vous, vous êtes là à vous étouffer dans vos petits soucis d'orgueil blessé ! Je n'ai aucune envie de me présenter à vous, espèce de… *(bip !)* Même les soukounyans ont été plus accueillants !

Et sur ce, il tourne les talons. Ewyn est pétrifié. Wow !

Noah s'arrête et jette un coup d'œil par-dessus son épaule.

- Tu viens, Ewyn ?

Le dragon dévisage sa tante calmement alors qu'un grand sourire illumine son visage.

- Ma tante ! dit-il en s'inclinant d'un air moqueur, je crains fort que nos chemins ne se séparent ici même !

Alors que Yamida cherche encore une répartie (*Elle n'a même pas eu la présence d'esprit de lancer une flammèche !*), les deux amis s'éclipsent de sa vie avec une joie non dissimulée.

Ils se retrouvent dans la rue principale de Korr, à la recherche d'une chambre pour la nuit.

- Tu as des sous, Noah ?

Le garçon fouille sa besace pour en sortir une bourse en toile.

- Un peu. Si on fait attention, on sera à même de dormir au chaud et de souper correctement.

Ewyn contemple d'un air pensif les quelques pièces que Noah tient au creux de sa main. Puis, soudain, il s'arrête au milieu de la place du marché et hurle :

« Oyez ! Oyez ! Braves gens du Pays de Korr ! Venez assister au spectacle de Noah et de son dragon argenté ! »

Noah, d'un naturel timide, se sent rougir jusqu'aux oreilles.

- Ewyn ! chuchote-t-il, tu es devenu fou ou quoi ?

Le dragon sourit avec indulgence.

- Pas fou, mon ami ! Affamé ! Tes quatre écus sont loin d'être suffisants et nous avons grand besoin de recouvrer nos forces !

Une lueur de compréhension brille dans les yeux de Noah, ternie toutefois par une légère inquiétude.

- Mais quand même ! Un spectacle !

- Tout travail mérite salaire !

Et sur cette mystérieuse réponse, Ewyn, qui a réussi à rameuter la moitié de la ville, se met à exécuter des cabrioles insensées, obligeant Noah à prendre part dans ses folles pitreries. Il se met à chanter d'une voix criarde des sérénades sans queue ni tête où il est question de demoiselle obligée de se transformer en vers à soie pour fabriquer la tunique de son mariage et autres folies du même genre. Les badauds se tiennent les côtes tant ils rient et Noah, pris au jeu, ajoute quelques éléments de son cru qu'un clown ne serait pas fâché de proposer. Il grimpe sur le dos du dragon, fait semblant de trébucher, se rattrape de justesse tandis qu'Ewyn se contorsionne pour assommer ce moustique qui ne cesse de le tourmenter.

Le public applaudit, ravi de ce spectacle improvisé qui le sort de la monotonie de son quotidien.

(Métro-boulot-dodo, c'est pour tout le monde…)

Au bout d'une heure, les deux amis ont amassé assez d'argent pour se rendre dans une des meilleures auberges de la ville. Le propriétaire qui a aussi profité du spectacle, les installe dans sa meilleure chambre pour la moitié du prix. Devant les mines médusées de Noah et Ewyn, l'homme éclate d'un rire tonitruant fort contagieux et tape avec une telle vigueur sur le comptoir en bois que les carreaux des fenêtres vibrent sous la violence du choc.

(Un vrai tavernier, quoi !)

- Ça fait des lustres que je n'ai pas autant ri, par ma barbe ! Mettez-vous à l'aise ! Le dîner sera prêt dans une demi-heure !

Les deux compères montent dans leur chambre et, à la vue de l'immense lit qui trône dans la pièce spacieuse, Ewyn gémit de bonheur.

- Enfin ! grogne-t-il en se jetant sur le matelas.

- Je vais prendre une douche !

(Tu l'as dit! Deux jours! Bah !)

- Ne finis pas l'eau chaude !

- Tu es un dragon Ewyn ! Plonge dans un lac où je ne sais quoi ! Tu arriverais à peine à rentrer une patte dans la cabine de douche !

- Mouais ! Tu as raison, je ferais juste une toilette, alors ! L'odeur du soukounyan me colle !

- Lève ton derrière et va te laver ! s'indigne Noah, devenu vert de dégoût à l'idée de dormir dans des draps souillés.

Ewyn se lève avec un soupir et sort de la chambre. Par chance, l'aubergiste conserve dans sa cour une énorme bassine qui fait office de baignoire pour les dragons qui séjournent chez lui. Il la remplit d'eau tiède et d'un savon adapté à ses écailles. *(Ben quoi ? Ça ne te viendrait pas à l'idée de te laver avec du liquide-vaisselle, non ?)*

Le dragon s'immerge avec délice dans l'eau mousseuse et s'autorise enfin à se détendre. Tandis qu'il se relaxe, il songe à sa peur de voler. Il a compris que la raison qui le pétrifie ne réside pas dans le souvenir de sa première expérience douloureuse mais dans le manque de confiance en lui. Toutes ces péripéties aux côtés de Noah lui ont également permis de croire en sa force et en son courage. Bien que l'appréhension demeure, il sait désormais que s'il se retrouve devant la situation une fois de plus, il tentera sa chance.

- Ewyn ! Le dîner est servi ! jubile Noah.

Le dragon ouvre les yeux. Il s'est assoupi sans s'en rendre compte. Il soulève son corps imposant et sort de la cuve. Puis, il se place sous un appareil qui propulse de l'air chaud. *(Tu vois l'appareil pour se sécher les mains dans les restaurants ? Le même mais version dragon !)*

Une fois sec, il rejoint Noah dans la petite salle et prend place dans un énorme fauteuil de pierre. *(Il faut comprendre… C'était la centième chaise écrasée par un dragon…)* L'aubergiste dépose deux bols de soupe à pieds *(C'est super méga-délicieux ! Il faut juste ignorer d'où viennent les pieds !)* et un panier de croûtons bien croustillants.

En moins de temps qu'il ne faut pour le dire, les deux amis finissent leur repas et caressent leurs ventres, un sourire satisfait aux lèvres. Ils félicitent le propriétaire de l'hôtel pour ce met délicieux et retourne s'affaler sur le lit géant, excités comme des puces. Ce soir, il y a *Grey's Anatomy* à la télévision. (*Ben quoi ?!*)

§§§§

Le lendemain, après une nuit reposante et un solide petit déjeuner, Ewyn et Noah s'en vont rencontrer Sa Majesté le Roi de Korr. Le palais, situé à l'écart du centre-ville surplombe un immense parc. Deux grandes tours s'érigent à plusieurs mètres du sol et…

(Bon, ça va ! On sait déjà ! C'est un château tout ce qu'il y a de plus normal à ceci près qu'il fait chaud à Korr donc il y a pléthores de fenêtres et vérandas. Si tu es perdu, regardes un Walt Disney, style Blanche-Neige et tu seras servi…)

Ils pénètrent ainsi dans la Grand-Salle où les attend le roi, un homme euh…quelconque. Trapu et chauve, il porte des lunettes en écailles qui agrandissent ses iris, lui donnant l'apparence d'un poisson.

- Majesté ! commence Noah pressé de s'en aller, nous sommes venus dans l'espoir que vous nous donniez l'autorisation de nous rendre sur la Montagne Bleue.

- Vous n'êtes pas sans savoir qu'une diablesse et un mofwazé y rôdent ?

- Nous sommes au courant, votre Majesté ! intervient Ewyn.

- Alors pourquoi vous y rendre ! C'est pure folie !

Noah secoue la tête.

- Ma mère est fort malade. Seules les feuilles de l'arbre qui guérit pourraient la sauver.

- Mmmhh… Je comprends, répond le roi d'un air pensif.

- Que comprenez-vous ? siffle le dragon en serrant les poings, l'attitude du roi réveillant son courroux.

Le souverain toise Ewyn.

- Je ne te permettrai pas de discuter mon autorité, dragon.

Puis, il reporte son attention sur Noah :

- Je compatis à ta douleur, jeune homme mais il m'est impossible d'entériner ta requête !

- Mais Majesté ! proteste celui-ci.

Le roi lève une main pataude.

- J'ai dit ! coupe celui-ci avec un sourire machiavélique qui n'échappe pas à Ewyn.

- Sombre crétin ! grogne le dragon.

Noah qui sent la situation dégénérer, tente de calmer son ami.

- Voyons Ewyn ! Reprends-toi !

Le dragon prend une profonde inspiration et fait face au roi.

- N'est-ce pas votre devoir de souverain de veiller à la sécurité de votre peuple ? susurre-t-il d'une voix mielleuse.

- En effet ! se gargarise cet imbécile de roi.

Ewyn lève les yeux au ciel.

- Et quand ces braves tomberont malades ?

- Euh…Nous avons d'autres plantes. Nos guérisseurs sont puissants !

- Ah je vois ! Mieux vaut la lâcheté, n'est-ce pas votre Majesté ?

- Surveille tes propos, dragon !

Noah est à bout.

- Avec tout le respect que je vous dois, Majesté, Ewyn est dans le vrai ! Je me passe de votre permission ! Ma mère est malade et vous, par couardise et méchanceté, vous la privez de sa seule chance de survie !

- Je vous interdis d'y aller!

- Et qu'allez-vous faire, Monseigneur ? Me suivre dans la Montagne Bleue ? rétorque le garçon en souriant.

En voyant, la terreur s'afficher sur les traits du roi, Ewyn éclate de rire.

- Partons, mon ami ! Nous avons perdu assez de temps!

Puis s'adressant au roi : « Au fait votre Seigneurie, ce n'est pas parce que vous êtes roi que le déodorant est proscrit ! »

Sur ce, Ewyn et Noah sortent du château en riant à gorge déployée.

- Attends, attends ! hurle Noah, je vais faire pipi dans mon boxer !

Le dragon s'appuie contre un arbre pour ne pas s'écrouler tant il rit.

- Tu as vu sa tête, Noah ! J'ai bien cru qu'il allait exploser !

- Arrête ! rigole le garçon ! Laisse-moi respirer !

Finalement, ils se laissent choir sur un banc public, le souffle erratique, essayant tant bien que mal de se calmer.

- C'est quoi le plan, Noah ? Comment allons-nous nous y prendre? Demande Ewyn au bout d'un moment.

Le garçon reste silencieux quelques instants.

- Les feuilles de cet arbre se cueillent de nuit. Nous attendrons le coucher du soleil, couperons la tête de la diablesse et lancerons une bonne giclée d'eau bénite sur le mofwazé, répond simplement l'adolescent comme s'il s'agissait là d'une tâche banale.

- Merveilleux ! ironise le dragon, j'ai hâte !

Ils se lèvent pour continuer leur route. Brusquement, un homme sorti d'on ne sait où, attrape Noah par le bras.

- Tiens ! Prends ! Tu en auras besoin ! s'écrie-t-il avec frénésie.

Il fourre une branche de cerisiers-pays dans la main du garçon et accroche à son cou ce qui ressemble à une gourde d'eau.

- C'est de l'eau bénite !

Et il s'en va comme il est venu, tel un courant d'air pressé de disparaître au loin.

- Hé ben ! bougonne le dragon, les habitants de ce pays semblent pétris de courage!

Noah inspire profondément.

- Viens, Ewyn ! Nous avons plusieurs heures à tuer.

Restant à l'écart du centre de Korr tout en prenant soin de ne pas franchir les limites de la ville, ils découvrent une petite clairière que la présence de quelques Flamboyants ombrage agréablement. Ils

s'allongent, laissant la brise les rafraîchir. Enfin, ils s'allongent…
Noah est étendu tandis qu'Ewyn regarde avec circonspection le tapis de feuille.

- Que fais-tu ? lui demande Noah d'un ton somnolant.

- Il y a des bestioles! Sans parler du fait que l'herbe gratte !

- Jamais je n'ai rencontré de dragon aussi délicat ! Pose ton derrière, Ewyn ! Tu me donnes le tournis !

Le dragon obéit mais il s'assied avec une si grande méfiance que Noah éclate de rire.

- Quoi ? s'offusque Ewyn, j'ai les écailles fragiles !

L'adolescent secoue la tête. Dieu que ce dragon est compliqué !

- Tu sais, commence Ewyn après un moment, je crois que je pourrais essayer de voler. Cela faciliterait notre plan !

Noah se redresse sur un coude, l'air inquiet.

- Tu es sûr de toi?

Le dragon soupire. Il le sait, Noah lui offre l'occasion de se rétracter. Mais désire-t-il continuer à vivre dans la peur ?

- Oui. Je volerai.

Noah reste silencieux. C'est un combat que son ami doit mener seul.

- Le mieux serait de les surprendre. Ils ne s'attendent pas à ce qu'on arrive d'en haut, murmure Ewyn.

- C'est l'inverse ! Ils attendent d'un dragon qu'il vole, Ewyn ! Le mieux est de marcher à l'aller et de voler au retour !

- Tes suggestions ?

- Un sabre laser et des nerfs d'acier !

- Ton plan m'a l'air un peu… léger, Noah ! Sans vouloir t'offenser !

- Je sais, marmonne l'adolescent. Mais c'est le seul qui me vient à l'esprit.

Ewyn se tourne vers son ami et lui sourit.

- J'ai confiance en toi, petit d'homme.

Ils restent ainsi de longues heures, s'émerveillant de la magnificence du soleil couchant. Puis, alors que les étoiles s'allument une à une, les deux amis se lèvent et s'apprêtent à vivre la dernière partie de cette épopée.

Il fait nuit noire désormais et Noah a sorti le flacon que la Reine Ayshala lui a offert. La lumière qui en irradie éclaire le chemin de terre. Le jeune garçon tremble de frayeur et sa respiration saccadée résonne dans le silence. Les ombres de la végétation lui rappellent celles des fromagers et il ne peut contrôler les nombreux frissons qui l'assaillent à l'idée de ce qu'il va affronter dans quelques minutes. Il ne se fait aucune illusion. Le sabre laser gracieusement prêté par l'aubergiste est accroché à sa ceinture mais il sait qu'il ne lui sera d'aucune utilité s'il n'attaque pas en premier. En clair, il lui faudra réagir plus vite que la diablesse.

- J'espère qu'elle ne possède aucune vitesse surhumaine. Avoir un sabot de cheval me paraît largement suffisant, grommelle-t-il.

Tandis qu'il grimpe, l'air se rafraîchit et les arbres dansent sous la force du vent, leurs branches ressemblant à des griffes. *(Bon, tu as saisi l'idée? C'est effrayant.)*

Brusquement, un bruit terrifiant. Un bruit que nul homme ne voudrait entendre. Le son d'un sabot qui traîne.

Toc, sliiippp, toc.

Noah sent les poils de sa nuque se dresser. Il se retourne et se retrouve face à la plus belle femme qu'il n'a jamais vue.

- Waouh ! s'écrie-t-il malgré lui.

La ravissante créature s'approche de lui en roulant des hanches et Noah est hypnotisé par tant de sensualité. Ses longs cheveux dorés caressent le bas de son dos tandis qu'elle s'approche.

- Serais-tu perdu, étranger ? susurre-t-elle d'une voix douce.

Ses yeux verts brillent d'amusement et elle éclate de rire devant la mine médusée du jeune homme.

- Tu as donné ta langue au poisson chat ? ronronne-t-elle.

Noah secoue la tête pour retrouver ses esprits. Il sait le danger que représente cette créature. Il n'est nullement trompé par sa beauté éclatante. Pourtant, malgré lui, son corps réagit avec une telle violence qu'il ne parvient pas à raisonner convenablement.

Au prix d'un effort surhumain, il tire son sabre laser qui se déploie devant lui.

- Oh ! Bel étranger ! Est-ce cela ton désir ? Me faire du mal ? murmure-t-elle, les larmes aux yeux.

Noah est en plein doute. S'agit-il oui ou non de la diablesse ? Jamais il n'a éprouvé pareil désir.

- Mais où es-tu Ewyn ? dit-il en grinçant des dents.

§§§§

Cela fait bientôt dix minutes qu'Ewyn se trouve au bord de cette falaise. Et jusqu'à présent, il n'a pas réussi à esquisser ne serait-ce qu'un mouvement pour prêter main forte à son ami. De là où il se trouve, il le distingue très nettement. Noah a sorti son sabre laser et le dragon sait que les minutes sont comptées, désormais. Pourtant, il ne bouge pas d'un pouce, pétrifié par la terreur. Plus tôt, il a fait part à Noah d'un plan qui pourrait fonctionner à merveille. L'adolescent servirait d'appât tandis qu'il surprendrait la diablesse et se ferait un plaisir de la brûler au troisième degré. Mais, c'était sans compter le retour en force de sa plus grande angoisse. Voler.

- Allez, Ewyn ! s'encourage-t-il d'une voix dure. Si tu ne bouges pas, tu vas assister à la mort de ton ami. Serais-tu aussi lâche que cet idiot de Roi de Korr ?

Il ferme les yeux. Plus bas, Noah a commencé d'attaquer la diablesse, sortant de la torpeur de désir dans laquelle elle l'avait plongé. La créature émet des cris stridents tandis que sa force surhumaine fait reculer le garçon. Mais, il tient bon et pare avec agilité les coups de son assaillant.

Le corps du dragon tremble de peur et d'excitation.

(Bon sang ! Ils auront fait tout ça pour rien s'il ne saute pas !)

- Mon avis, aussi ! gronde Ewyn qui s'élance dans les airs avec un cri guttural.

(Euh... Ce dragon m'entend ?!)

- Oui ! Je t'entends alors si tu pouvais la fermer jusqu'à la fin de cette histoire, je te serai reconnaissant ! Chacun sa case, écrivain ! Débrouille-toi simplement pour qu'on sorte de ton merdier vivant !

(Ooookkkkkk....)

Le vent siffle dans ses oreilles, ses pattes sont tendues et il arbore une position aérodynamique tandis qu'il file dans les airs ! Il vole ! Ewyn descend vers Noah à une vitesse vertigineuse. Puis, juste avant de remonter, crache une longue flamme rouge sur la diablesse qui hurle de douleur. De fatigue, Noah s'écroule et le dragon doucement se pose à côté de son ami.

- Pardonne-moi, Noah !

L'adolescent ouvre un œil.

- Pourquoi ? Tu viens de me sauver la vie.

Le dragon sourit tristement.

- Oui mais c'était moins une !

- M'en fiche ! A ce jeu, seul le résultat compte !

- Pas faux ! répond Ewyn. Viens, l'arbre est à quelques mètres.

Noah se lève péniblement et s'appuie sur Ewyn. Il boîte légèrement mais sa détermination est telle qu'il ne s'en aperçoit pas.

- Tout doux, Noah ! chuchote Ewyn ! Inutile de te blesser plus avant !

Le garçon le regarde comme si une seconde tête lui avait poussé à côté de la première.

- Après tout ça, halète-t-il, tu me demandes de faire attention !

- Un point pour toi ! Oh ! regarde ! L'arbre qui guérit !

Devant eux, en effet, est planté un arbuste pas plus haut que Noah irradiant une lumière bleutée qui empêche de se méprendre sur sa véritable nature.

- Waouh, Ewyn ! On a réussi !

Et il tombe à genoux en sanglotant. Sa mère est sauvée !

- Allez, mon ami ! dit Ewyn d'une voix emplie d'émotion, reprends-toi et cueille ces satanées feuilles qu'on s'en aille ! Je n'ai pas encore vu le mofawazé…

Ces mots semblent sortir Noah de son hébètement et il se précipite sur l'arbre et en arrache les feuilles par poignées entières qu'il fourre dans sa sacoche avec frénésie. Quand le sac menace de se déchirer, Noah adresse un sourire triomphant à son ami.

- Allez, chevalier, plaisante le dragon, en selle !

Avant que Noah ne grimpe sur son dos, Ewyn sent ses écailles se resserrer en entendant le grognement caractéristique d'un chien. Il virevolte et devant lui, la gueule écumante de bave, les oreilles baissées, le mofawazé se prépare à l'attaque.

- Ewyn !

Avant que le dragon ne réagisse, Noah sort la branche de cerisier-pays et fouette l'air violemment, faisant reculer la bête de plusieurs pas.

- Arrière, démon ! hurle-t-il.

Ewyn est subjugué ! Noah est d'un courage presque douloureux. Waouh !

(« Euh… T'es en arrêt sur image, dragon ? »)

Le dragon réprime un mouvement de colère, se saisit de la gourde d'eau bénite et, d'un coup de poignet renverse la totalité du liquide sur le mofawazé qui se tortille de douleur.

- Ne reviens pas ! crie Noah alors que la bête s'enfuit à toute vitesse, la queue entre les jambes.

Ewyn lâche un soupir de soulagement.

- Bon sang ! J'espère que l'aubergiste a gardé notre chambre !

Noah éclate d'un rire joyeux tandis qu'il s'installe confortablement sur le dos d'Ewyn.

- Quoi ? Les journées ne sont pas de tout repos, ici ! Tu penses qu'il propose des massages ? murmure-t-il rêveusement.

L'adolescent lève les yeux au ciel. Ce dragon ne changera JA-MAIS !

- Allez, dragon ! Vole !

Et Ewyn obéit, sautant dans le vide avec grâce.

(« Alors, heureux ? »)

- Oh, toi ! La ferme ! rétorque Ewyn avec humeur.
- Quoi ? demande Noah, surpris.
- Rien…

(« Tu permets quand même ? Ce n'est pas comme si j'avais fini… »)

- C'est bon, je connais la suite ! Ils retournent à Kyo et sauvent la mère de Noah. Les deux amis, inséparables, vivent des aventures extraordinaires!

(« Il y a mieux… »)

- Tu n'as rien à faire ? D'autres personnages à enquiquiner ? murmure-t-il pour que Noah ne l'entende pas.

(« Scélérat ! Je t'offre un rôle sur mesure et comment tu me remercies ? Un jour, toi et moi aurons une petite discussion, ingrat que tu es ! »)

Ewyn éclate de rire tandis qu'il agite ses ailes avec une grâce à couper le souffle.

- Cause toujours, l'intello ! Cause toujours…

FIN